Nous remercions le ministère du Patrimoine canadien,
la SODEC et le Conseil des Arts du Canada
de l'aide accordée à notre programme de publication

  Patrimoine   Canadian
canadien   Heritage

  Conseil des Arts   Canada Council
du Canada   for the Arts

ainsi que le gouvernement du Québec
– Programme de crédit d'impôt
pour l'édition de livres
– Gestion SODEC.

Nous reconnaissons l'aide financière
du gouvernement du Canada
par l'entremise du Programme d'aide au développement
de l'industrie de l'édition (PADIÉ) pour ce projet.

Illustration de la couverture
et illustrations intérieures :
Jean-Marc St-Denis

Couverture :
Conception Grafikar

Édition électronique :
Infographie DN

DANGER
LE
PHOTOCOPILLAGE
TUE LE LIVRE

Dépôt légal : 2ᵉ trimestre 2006
Bibliothèque nationale du Canada
Bibliothèque nationale du Québec

1234567890 IML 09876

Les malheurs
de Pierre-Olivier

COLLECTION
PAPILLON

DE LA MÊME AUTEURE
AUX ÉDITIONS PIERRE TISSEYRE

Collection Conquêtes
Maximilien Legrand, détective privé, 2005.

Collection Sésame
Pierrot et l'été des salamandres, 2006.

**Catalogage avant publication
de Bibliothèque et Archives Canada**

Vanier, Lyne

     Les malheurs de Pierre-Olivier

     (Collection Papillon; 128)
     Pour les jeunes de 9 à 12 ans.

     ISBN 2-89051-982-1

     I. St-Denis, Jean-Marc II. Titre III.Collection:
     Collection Papillon (Éditions Pierre Tisseyre); 128.

PS8643.A698M34 2006   jC843'.6   C2006-940950-1
PS9643.A698M34 2006

Les malheurs de Pierre-Olivier

roman

Lyne Vanier

ÉDITIONS PIERRE TISSEYRE

5757, rue Cypihot, Saint-Laurent (Québec) H4S 1R3
Téléphone : (514) 334-2690 – Télécopieur : (514) 334-8395
Courriel : ed.tisseyre@erpi.com

*Pour Louis-Philippe,
Vincent et Sébastien.*

1

La galerie
de portraits

Le papa de Pierre-Olivier Lemieux travaillait dans un grand bureau, en haut d'une très haute tour. Il avait trois ordinateurs, deux portables, cinq téléphones, quatre cellulaires et dix-sept secrétaires. Il occupait sûrement un poste très, très important. Peut-être même celui de président. Souvent, il quittait la maison avant le lever du soleil et revenait terriblement tard. N'apercevant pas l'ombre de son père pendant des semaines entières, Pierre-Olivier, Péo pour les intimes, le soupçonnait de dormir au bureau.

Certains matins, malgré tout, père et fils se croisaient au petit déjeuner. Toujours pressé, Bernard Lemieux se livrait à des acrobaties dignes des saltimbanques du Cirque du Soleil. Sur une seule patte, il enfilait la deuxième manche de son veston, tout en s'évertuant à nouer sa cravate. Le téléphone cellulaire coincé entre l'oreille et l'épaule, il conversait avec un interlocuteur vivant de l'autre côté de la Terre. D'une main, il saisissait une tranche de pain grillée, qu'il expédiait ensuite en trois bouchées. De l'autre, il versait son café dans une grande tasse thermos afin de le boire plus tard dans sa voiture. Enfin, il ébouriffait les cheveux déjà hérissés de Péo, embrassait madame Lemieux sur la joue, et disparaissait en un coup de vent. Seules quelques miettes de pain ici et là témoignaient de son passage.

Parfois, Pierre-Olivier se demandait si son papa le reconnaissait quand ils se rencontraient ainsi aux petites heures du matin. Pour s'en assurer, il se fabriqua un jour une carte d'identité avec photo, nom, prénom et tout le tralala. Il

l'épingla sur son pyjama, bien en évidence : « Pierre-Olivier Lemieux, le plus beau, le plus gentil, le plus *intelligant* des enfants de l'Univers ». Trop absorbé par son café et ses coups de téléphone, Bernard mit plusieurs minutes avant de remarquer le drôle de badge qu'arborait fièrement son garçon. Quand il le découvrit finalement, il esquissa un petit sourire et n'émit qu'un bref commentaire :

— Plutôt réussi, mon grand ! Si tu te perds, même pas besoin de dire ton nom ! Mais il y a une faute. « Intelligent » s'écrit avec un « e ». Salut mon coquin ! Bonne journée !

Une fraction de seconde plus tard, la porte de la maison se refermait sur monsieur Lemieux.

Plutôt raté tu veux dire, soupira Péo, *tout ce qu'il voit, c'est ma faute de français*. De dépit, le plus beau, le plus gentil, le plus « intelligent » des enfants de l'Univers arracha son insigne et la jeta aux ordures.

Madame Lemieux croyait aux grandes vertus des photographies pour resserrer les liens familiaux. Aussi avait-elle donné à son époux une photo grand format de leur fiston pour décorer le cabinet où monsieur Lemieux passait tellement de temps. Ce dernier l'avait accrochée à un mur au cœur d'une impressionnante galerie de portraits. De chaque côté de la photo de Pierre-Olivier se trouvaient suspendus des clichés montrant son père en train de serrer la main à d'autres messieurs aussi sérieux que lui. Certains d'entre eux affichaient des sourires compassés qui semblaient commander au photographe de se dépêcher. Sans doute étaient-ils eux même des présidents de compagnie débordés qui travaillaient dans d'immenses tours à bureaux. Chaque fois que Pierre-Olivier voyait son image au milieu de ces personnages graves portant complets-veston et cravate, il se sentait très intimidé. Il aurait préféré que son papa glisse son portrait sous la plaque de verre protégeant la surface de son secrétaire. Comme un gentil secret entre eux. Sur le vaste pan de mur, en plein derrière la table de travail de monsieur Lemieux,

Péo avait l'impression d'être exposé comme un vieux trophée témoignant d'une gloire passée.

Car, et cela s'ajoutait à sa frustration, cette photographie datait de la lointaine époque où il n'avait que cinq ans !

Un jour, alors que Péo accompagnait son père au bureau, en fit la remarque à ce dernier :

— Papa, je ne comprends pas que tu t'entêtes à conserver cette vieille photo. Tu ne trouves pas que j'ai l'air d'un petit caniche défrisé et déguisé, là-dessus ?

— D'un quoi ? s'étonna Bernard, qui l'écoutait distraitement d'une oreille, tout en prenant ses messages téléphoniques de l'autre.

— D'un caniche ! Regarde un peu ! Il ne me manque que les pompons et les rubans dans les cheveux !

— Allons, Pierre-Olivier ! Elle est très bien, cette photographie ! répliqua monsieur Lemieux, pivotant sur sa chaise en cuir et lançant un coup d'œil rapide à l'image en question.

On y découvrait un petit garçon impeccablement coiffé, sans doute à grand renfort de gel. Sur fond de mer bleue et de mouettes, un décor de faux plâtre à n'en pas douter, le garçonnet posait sagement dans un curieux habit de matelot. Pierre-Olivier ne se rappelait pas avoir déjà porté ce vêtement avant la séance chez le photographe. Ni après d'ailleurs. Sans doute la tenue avait-elle été fournie par le studio professionnel. *Heureusement, je ne suis pas une fille!* se dit-il. *Je parie qu'on m'aurait costumé en princesse, avec une robe de dentelle qui pique affreusement le cou!* À cette pensée, le jeune garçon compatissant se gratta la gorge.

Contemplant de nouveau la photographie que son père s'obstinait à déclarer tout à fait convenable, Péo songea: *Il en a de bonnes mon père! C'est une photo préhistorique! Je ne me reconnais pas moi-même!*

Maintenant âgé de huit ans et demi, Pierre-Olivier n'appréciait pas particulièrement que son papa l'imagine encore aussi petit, et qu'il soit si satisfait de son déguisement de pacotille.

— Il existe de bien meilleures photos de moi, papa. Tu sais, celle où je fais du ski nautique pour la première fois? Et celle où je pose avec ma grosse truite de deux kilos? Jette cette horreur et mets l'une de ces belles photos à la place.

Bernard plissa le nez de dégoût :

— Tu n'es pas sérieux ! Des clichés pris avec un appareil jetable !

— D'accord, ils sont un peu flous, admit Péo, mais, au moins, je me ressemble !

Malheureusement, monsieur Lemieux se montra intraitable. Pas question d'afficher des photographies de mauvaise qualité dans son bureau bien fréquenté. Mortifié, Pierre-Olivier devait supporter l'idée de n'être pour son père qu'un éternel bambin étrangement costumé et posant dans un décor artificiel.

2

Fourmis, petite sœur
et lion affamé

Pierre-Olivier revenait de l'école en se traînant les pieds. Il s'arrêtait à tout bout de champ : pour attacher ses souliers, pour ajuster les bretelles de son sac à dos, pour regarder passer les oiseaux. Il ressemblait aux garçons et aux filles qui flânent en bâillant aux corneilles, visiblement pas du tout pressés d'arriver à l'école. Mais c'était chez lui qu'il ne souhaitait pas arriver trop vite.

À quelques pas de sa maison, il décida qu'il fallait tout de suite vérifier le contenu de sa boîte à lunch. Dix mètres de plus et il aurait pu l'inspecter tranquillement dans sa cuisine, mais il cherchait une raison pour s'attarder dans la rue. Il en retira un reste de sandwich un peu séché qu'il émietta et déposa sur le trottoir. Apparurent aussitôt deux fourmis qui se précipitèrent sur ce trésor. Chacune se chargea d'un bout de pain trois fois plus gros qu'elle. Vaillamment, les ouvrières rapportèrent à la colonie cette nourriture tombée du ciel. En un temps record, Pierre-Olivier vit surgir de la fourmilière toute une armée de ces petits insectes, mystérieusement avertis par leurs copines de la manne les attendant tout près. *Comment font-elles ? Elles ne parlent même pas !* s'interrogeait le jeune garçon, mystifié.

Malgré de longues minutes d'observation attentive, Péo ne comprenait toujours pas ce phénomène. *Je demanderai à maman,* décida-t-il enfin. Il se releva, épousseta son pantalon et reprit le chemin de son domicile.

— Bonjour, maman ! lança-t-il en passant la porte de la cuisine et en enjambant un panier à linge qui débordait de lessive encore trempée.

— Bonjour mon grand, lui chuchota Nicole Lemieux, un doigt posé sur les lèvres. S'il te plaît, parle plus doucement, Catherine vient tout juste de s'endormir. Il ne faudrait pas la réveiller. Regarde comme elle est mignonne. On dirait un ange.

Pierre-Olivier soupira longuement et jeta un coup d'œil dégoûté au bébé. Un ange, ça? Le visage fripé et couvert de plaques rouges, les cheveux noirs et raides, comme du barbelé : un bien drôle de chérubin. Du genre diablotin, plutôt.

Pour le moment, diablotin ou chérubin, le nourrisson dormait dans une ingénieuse balançoire à ressort et à manivelle que Péo voyait pour la première fois. Le siège oscillait doucement, d'avant en arrière, d'arrière en avant, berçant la petite, qui hoquetait, comme si elle sortait d'une crise de larmes prolongée.

— D'où ça vient? demanda-t-il en montrant de son doigt l'étrange engin où reposait Catherine. Je peux l'essayer?

— Oh non! Surtout pas! Tu la casserais! Mon chou, tu es beaucoup trop lourd maintenant! En plus, ce siège pour bébé appartient à mon amie Julie; elle me le prête pour quelques jours. On doit y faire très attention. Elle me jure que ça calmait les maux de ventre de son petit William. J'avoue que, jusqu'à maintenant, je suis impressionnée. Il me semble vraiment que Catherine a moins pleuré que d'habitude aujourd'hui, lui murmura Nicole, encore en robe de chambre à quatre heures de l'après-midi.

Juste à ce moment, la balançoire s'arrêta. Catherine laissa échapper un faible gémissement et fit mine d'entrouvrir un œil. Madame Lemieux se dépêcha aussitôt de tourner la manivelle, et le mouvement de va-et-vient reprit. L'œil de la fillette se referma.

— Ouf! On l'a échappé belle! s'exclama Pierre-Olivier.

— Je t'ai déjà dit de parler moins fort! S'il faut encore que je console ta sœur, tu peux oublier le repas chaud!

La perspective de manger des céréales au souper pour la troisième fois de la semaine ne plaisait pas du tout à Pierre-Olivier.

— Pardon maman! Je serai silencieux comme une souris! la rassura-t-il tout bas.

— Allez, file maintenant, mon grand! Même les petites souris font parfois du boucan!

D'un geste apaisant, madame Lemieux lui caressa les cheveux. Elle se dirigea ensuite vers le frigo. En marchant du talon, elle mit malencontreusement le pied dans une flaque d'eau qui s'était écoulée du panier de vêtements mouillés. La pauvre dérapa sur le carrelage détrempé et s'offrit un vol plané au milieu de la pièce. Sa bouche s'ouvrit pour hurler de frayeur, mais, dans un ultime effort, elle parvint à retenir son cri. Finalement, elle retrouva son équilibre une seconde avant d'entrer en collision avec le comptoir couvert de vaisselle et de casseroles sales. Un beau dégât bien divertissant fut évité de justesse. *Zut!* songea Péo, bien peu charitablement, *je me demande ce que madame Catherine aurait pensé de ce tapage!*

Après s'être assurée que le bébé roupillait toujours paisiblement, madame Lemieux poussa un soupir de soulagement et jeta un tas de chiffons par terre pour nettoyer l'inondation. Sans plus de cérémonie, elle s'attaqua ensuite à la préparation d'un macaroni.

Pierre-Olivier contempla le minuscule poupon qui semblait remplir de sa présence tout l'espace disponible dans la cuisine aux dimensions pourtant généreuses. Âgée d'à peine cinq semaines, Catherine souffrait d'affreuses coliques et criait à pleins poumons des heures durant. Quand elle dormait enfin, la Terre entière devait arrêter de tourner. Dépassée, madame Lemieux lisait tout ce qui lui tombait sous la main sur ce sujet, y compris la rubrique d'astrologie dans le journal du matin. Elle consultait ses copines, ses voisines, ses frangines. Elle découvrait au moins un remède miraculeux par jour. La nouveauté parvenait toujours à distraire temporairement le bébé. Très vite, malheureusement, il fallait tout reprendre à zéro.

Parfois, Pierre-Olivier rêvait de se débarrasser de cette encombrante petite sœur. Il échafaudait en cachette des plans diaboliques. Toutefois, la surveillance autour de sa précieuse benjamine ne connaissant pas de répit, il fallait bien la supporter. Et puis un garçon capable de s'émerveiller devant des fourmis a trop bon cœur pour être vraiment méchant.

Pendant que sa mère lui tournait le dos, Péo se contenta donc de plisser le nez, de tirer la langue et de loucher de la plus horrible façon en direction de l'angelot endormi. Ce geste de défi le soulagea un peu. Attrapant une banane au passage, il récupéra son sac d'école et se réfugia au salon. Un vrai champ de bataille! S'aidant de ses bras et de ses pieds, il se fraya un passage à travers plusieurs dizaines de livres sur les bébés, escalada une montagne de pyjamas de format réduit empilés pêle-mêle, contourna une bouillotte depuis longtemps refroidie et atteignit finalement le poste de télévision. Un documentaire sur les lions d'Afrique commençait tout juste. Passionné par tout ce qui concernait les animaux, Pierre-Olivier s'installa confortablement dans le seul fauteuil encore libre. Le présentateur expliquait que le papa lion mangeait parfois ses propres bébés quand il trouvait que la lionne le négligeait en leur faveur. À ce moment, sur l'écran, un lion impressionnant poussa un rugissement retentissant.

— Pas si fort ! Tu vas réveiller Catherine ! rouspéta Nicole du fond de la cuisine.

Pierre-Olivier soupira de nouveau : *même pas moyen d'écouter tranquillement la télé ici !* se dit-il. Il tendit la main vers la table à café et s'empara de la paire d'écouteurs. D'un geste habitué, il les brancha sur le téléviseur et s'en couvrit les oreilles. Péo regarda le lion impitoyable dévorer les lionceaux un à un. À la fin, le pauvre garçon avait un peu mal au cœur. *Franchement dégueulasse ! Je préfère encore faire mes devoirs,* pensa-t-il, ébranlé. Il éteignit le téléviseur, gagna sa chambre et s'installa à son pupitre.

Un peu plus tard, Péo soupa avec sa maman, pendant que Catherine continuait sa sieste. Il se sentait enfant unique, comme avant. Plutôt agréable. Il raconta sa journée à l'école, rigolant encore des pitreries de Maxime, le clown officiel de la classe. Il allait demander à sa mère de lui expliquer comment les fourmis en arrivaient à si bien se comprendre sans dire un mot, quand sa sœur s'éveilla et réclama à grands cris que l'on s'occupe à nouveau d'elle. Madame Lemieux tourna derechef la manivelle, mais le bébé ne voulut pas se laisser séduire par une autre séance de balancelle. Nicole fit un sourire désolé à son fiston et alla à la rescousse de la petite, dont la patience laissait beaucoup à désirer.

Faute de mieux, Pierre-Olivier prit son gros chat, Toto, dans ses bras, le gratta doucement derrière les oreilles et lui raconta l'histoire des minuscules ouvrières. Puis, l'énorme matou eut droit au résumé de l'émission sur ses lointains cousins d'Afrique. «Tu n'aurais pas une petite faim, toi? Regarde le beau bébé que tu pourrais manger!» lui dit Péo à la fin de son exposé. Se méprenant sur le sens des paroles de son jeune maître, Toto se roula sur le dos et offrit son joli bedon dodu à Pierre-Olivier, qui le caressa tendrement.

Arriva bientôt l'heure de se mettre au lit.

Monsieur Lemieux n'était pas encore rentré.

— Je regrette mon chou, mais je ne pourrai pas te lire d'histoire ce soir ! lui dit alors sa mère. Je dois donner le bain à ta petite sœur. Choisis un livre facile et lis un peu par toi-même. Tu es tellement grand maintenant ! Tu peux sûrement le faire seul pour une fois ! Bonne nuit mon chéri !

Résigné, Péo se coucha dans son grand lit et lut à voix haute quelques lignes d'un livre de contes. Le fixant de ses grands yeux jaunes, Toto l'écoutait attentivement. Toutefois, le cœur n'y était pas. Ça ne se passait pas du tout comme avec Nicole. Celle-ci lisait avec des intonations merveilleuses, et, pour un peu, on se serait vraiment cru dans la jungle ou dans un vieux château enchanté. Dépité, Pierre-Olivier referma le bouquin et s'enfouit sous une montagne de toutous. Toto se faufila sous les couvertures et vint lui réchauffer les pieds.

« Une chance que tu existes, toi, lui souffla Péo. Ne t'en va jamais ! Je ne te le pardonnerais pas ! »

En guise de réponse, Toto se contenta de ronronner.

3

La dictée

Quelques jours plus tard :
— Maman ! Maman ! Papa ! Papa !
Regardez ça ! J'ai eu un « B » pour ma
dictée !

Étrangement, sa maman tapotait
doucement le dos de Catherine avec une
longue cuiller de bois, pendant qu'elle
brassait la soupe avec un hochet.

On devient complètement fou ici ! rigola
silencieusement Péo.

— Pourrais-tu la signer s'il te plaît? insista-t-il, impatient d'entendre les louanges maternelles extraordinaires que sa belle note méritait à coup sûr.

— Hou là là! Quel dégât! s'écria alors madame Lemieux en retirant du potage un hochet de peluche dégoulinant de crème de brocoli. Demande à ton père, Pierre-Olivier! Zut de flûte! Je perds la tête!

Madame Lemieux ne regarda même pas la magnifique dictée de son fils. Elle lava plutôt le hochet qui enchantait la petite ce jour-là et la distrayait de ses maux d'estomac.

Péo souffla très fort par le nez. Cette chipie de bébé mal luné lui volait son moment de gloire. Quelle jalouse! Il se tourna vers son père:

— Veux-tu la voir, papa?

— Voir quoi, mon grand? s'étonna monsieur Lemieux, absorbé par les opérations compliquées qu'il effectuait sur son nouvel agenda électronique.

Péo souffla très fort par le nez pour une seconde fois. *Il y a des moments où je voudrais me transformer en dragon!*

— Ma dictée! Veux-tu voir ma dictée? J'ai eu un «B». Pourrais-tu la signer s'il te plaît ? répondit Pierre-Olivier, qui ne s'amusait plus du tout.

— Bien sûr, donne-moi ce chef-d'œuvre !

Un peu amadoué, et rougissant à l'avance, Pierre-Olivier lui tendit sa merveilleuse dictée. À côté du « B », on pouvait lire en petites lettres sages et bien serrées : « Un bel effort. Continue ! » Un peu plus loin, en grandes lettres maladroites s'étalaient des commentaires beaucoup plus enthousiastes : *« Gényal ! mile* fois *bravaux ! »*

À sa manière, Péo avait travaillé fort sur l'orthographe de ces quelques mots. Il se sentait particulièrement content du « y » dans « gényal ». Il trouvait que cette lettre faisait très sérieuse et très savante. Tout le monde croirait assurément que cela venait vraiment de madame de la Chevrotière, sa professeure de troisième année. Quant au « mile fois bravaux », il avait fait bien attention de ne pas oublier le « s » à « fois ». Et, puisqu'on le disait autant de fois justement, il avait mis « bravo » au pluriel. Un petit futé ! Les mains dans les poches, l'air faussement modeste, il attendait maintenant des félicitations. *Ha ! Ha ! Catherine ! Te voilà* bien attrapée ! Essaie un peu d'en faire autant ! En dictée, tu ne m'arrives pas à la cheville ! Dans le reste non plus d'ailleurs, pensa le petit faussaire, fier comme un paon. Quelle ne fut pas sa surprise quand son père prit un ton fâché :

— Pierre-Olivier Lemieux ! Que tentes-tu donc de démontrer ? Quelle idée d'ajouter tes propres commentaires ! Tu croyais vraiment qu'on ne s'en apercevrait pas ? Un « B » ! Aucune raison de s'exciter, de toute façon. Va me remettre tout ça au propre ! Pas question que je signe une contrefaçon !

Puis, s'adressant à Catherine, monsieur Lemieux ajouta :

— Tu ne nous joueras pas de vilains tours comme ça, toi ; n'est-ce pas ma petite chouette ? Mais non ! Tu n'en auras pas besoin ! Tu récolteras les « A » à la tonne ! Aussi intelligente que ton papa !

Et monsieur Lemieux commença à chatouiller le bébé et à lui faire des guili-guili avec des mimiques lui donnant l'air gâteux. Levant les yeux au ciel, Péo ramassa sa copie et s'en alla tristement dans sa chambre. Pourtant, il avait vraiment eu un « B ». Toutefois, à cause de sa petite incartade inoffensive, plus personne ne paraissait s'en soucier.

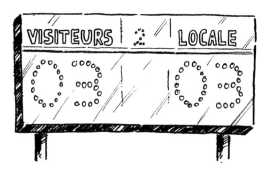

4

Les Tigres
contre les Requins

Les parents de Pierre-Olivier tenaient beaucoup à ce qu'il participe à de nombreuses activités parascolaires : leçons de violon, de piano, de flûte traversière ; cours de tennis, de soccer, de natation ; classes de dessin, de poterie et de danse folklorique. Malheureusement, ils manquaient de temps pour l'accompagner partout et devaient souvent se contenter de le déposer à sa leçon pour revenir le chercher une fois la classe terminée. Ce soir-là cependant, la chance souriait à Pierre-Olivier : il avait convaincu son père d'assister à sa partie de soccer. L'enjeu était de taille, car l'équipe gagnante se qualifiait pour la demi-finale régionale.

Les Requins de Saint-Étienne recevaient les Tigres de Saint-Louis. Pendant une heure et demie, les deux fougueuses équipes s'affrontèrent comme si l'avenir de la planète en dépendait : on ne jouait pas au soccer, on se livrait un combat sans merci. Dans les estrades, certains parents prenaient eux aussi le match très au sérieux ; à tel point qu'il fallut déléguer un arbitre pour modérer les transports des plus enflammés.

Finalement, il ne resta plus qu'une minute à la partie. Les grands tableaux lumineux indiquaient trois pour les visiteurs, trois pour l'équipe locale. La tension était à son comble.

Pierre-Olivier jouait dans l'équipe des Tigres, tout comme son ami Gabriel et sa copine Marilou, qui gardait le but. Pour l'instant, il se trouvait avec Gabriel dans leur propre zone de but, prêtant main-forte à leur gardienne, bombardée de tirs puissants par une équipe bien décidée à l'emporter. Samuel Picard, un redoutable Requin, risqua un tir que Gabriel intercepta de la plus belle façon. Observant rapidement les alentours pour trouver une voie de sortie, le Tigre se précipita entre trois Requins deux fois plus gros que lui. Il réussit à se frayer un passage. Toutefois, les Requins n'entendaient pas se faire voler ainsi la partie. Le vaillant, mais petit Gabriel se retrouva donc poursuivi par une bande ennemie, déterminée à l'encercler et à lui couper toutes les issues. Les Requins hurlaient à tue-tête, cherchant à le déconcentrer. Péo attira l'attention de son allié par un sifflement strident. Aussitôt, Gabriel botta le ballon dans sa direction. Vif comme l'éclair, Pierre-Olivier s'en empara et s'élança vers le but des Requins. Face à Thomas Latulippe, le gardien de l'équipe adverse, il fit mine de préparer un botté du pied droit. Thomas se déplaça un tantinet dans cette direction, Péo en profita immédiatement pour décocher un formidable coup de pied vers l'extrémité gauche du filet, ne laissant aucune chance au pauvre gardien de but. Comprenant un instant trop tard

la superbe feinte, Thomas se catapulta de tout son long vers le ballon, qui se faufila néanmoins dans son filet. Quelques secondes s'écoulèrent. Puis, on entendit résonner la cloche annonçant la fin de la partie. Les Tigres venaient de compter le but victorieux.

Toute l'équipe se rua vers Pierre-Olivier pour le féliciter. Ne contenant pas leur joie, les joueurs victorieux serrèrent Péo dans leurs bras. Si fort qu'ils faillirent bien l'étouffer. Riant à gorge déployée, le jeune garçon chercha son papa des yeux. Comme il devait être fier de lui! Avec un peu de chance, il avait peut-être même pris une photo au moment où il s'élançait pour botter le ballon. Une photo qui remplacerait avantageusement le cliché dépassé décorant le mur de son bureau. Hélas! Mille fois hélas! Bernard Lemieux n'avait apparemment rien vu des dernières minutes de jeu. Tournant délibérément le dos au terrain de soccer, se bouchant une oreille pour amoindrir les clameurs environnantes, il parlait au cellulaire. Les larmes aux yeux, Pierre-Olivier se laissa emporter par la foule de ses supporters.

— Tu ne me regardes jamais! On jurerait que je n'existe pas! J'ai compté le plus beau but de la soirée! Tu ne l'as même pas vu! À quoi ça sert de venir à mes parties de soccer si tu les passes au téléphone?

— Franchement, Pierre-Olivier! Tu te plains vraiment pour rien! J'étais là au moins! As-tu vu les parents de Gabriel, toi? Ou ceux de Marilou? Au lieu de ronchonner, tu devrais plutôt me remercier. Je travaille très fort pour que tu puisses t'amuser avec tes amis, tu verras quand tu seras grand, tu comprendras de quoi je parle!

Le jeune garçon allait riposter quand la sonnerie du cellulaire emplit la voiture de ses appels discordants. Comme s'il s'agissait d'une sirène de pompier, son père répondit immédiatement. Monsieur Lemieux passa le trajet du retour à discuter de mises en demeure, de lettres d'huissier et autres sujets compliqués. Rageusement, Pierre-Olivier tira son baladeur de son sac à dos, inséra les écouteurs dans ses oreilles et se recroquevilla sur son siège. D'abord une petite sœur, maintenant des téléphones d'affaires…

Décidément, personne ne se souciait vraiment de lui. Il aurait aussi bien pu devenir invisible. Pour l'humilier davantage, une larme se mit à rouler sur sa joue. Furieux, Péo l'écrasa du revers de la main, comme un vilain maringouin. Pas besoin d'ajouter la honte à la désillusion : il était hors de question que monsieur Lemieux soit témoin de son chagrin.

En arrivant à la maison, Pierre-Olivier sauta de la voiture alors que le moteur tournait encore. Il abandonna Bernard à sa passionnante discussion téléphonique et claqua la portière tellement fort que madame Tanguay, une voisine à la curiosité incorrigible, écarta son rideau pour voir ce qui se passait. À grand peine, le jeune garçon se retint de lui faire un pied de nez. Il entra avec fracas dans la cuisine, s'appliquant à faire le plus de bruit possible pour bien manifester sa mauvaise humeur. Sa mère accourut sur la pointe des pieds et le supplia de se montrer charitable. Elle tenait dans ses bras la petite Catherine. L'enfant dormait, mais ses joues encore barbouillées de larmes laissaient deviner qu'elle venait de subir une nouvelle attaque de crampes intestinales. En bougonnant, Péo détala vers sa chambre.

Sans réfléchir, il arracha du mur son affiche préférée, celle de David Beckham, à son avis le plus grand joueur de soccer de tous les temps. Armé de grands ciseaux pointus, il la réduisit en confettis. Puis il ouvrit la fenêtre et laissa le vent éparpiller les restes de son affiche dans le jardin. Pierre-Olivier espérait sans doute chasser ainsi le souvenir de sa soirée gâchée. Malheureusement, il se mit au lit en y pensant encore. Toute la nuit, il rêva qu'il jouait au soccer, et qu'au lieu d'un ballon, on utilisait un cellulaire. Ultra résistant, le téléphone supportait les chocs sans broncher. Pire encore : chaque coup de pied semblait le faire sonner plus fort ! Sa sonnerie de plus en plus stridente se mit à ressembler à des pleurs de bébé. Cela finit par réveiller le rêveur éprouvé.

Catherine criait à tue-tête dans la chambre voisine. Pierre-Olivier se cacha la tête sous son oreiller et se boucha les

oreilles pour échapper à ce tapage. Peine perdue. Impossible de se rendormir. D'un geste brusque, il repoussa ses couvertures et se leva en maugréant. Toto le chat, qui dormait à ses côtés, roula par terre avec les draps. Le gros matou miaula, offensé de se retrouver projeté au sol de façon si cavalière.

— Oh, Toto! Pardonne-moi! Je ne t'avais pas vu! s'écria Péo.

Mais, sans même lui accorder un regard, le digne félin, vexé, se faufila hors de la pièce.

— Me voilà brouillé avec mon meilleur ami, soupira le jeune garçon. C'est ta faute, Catherine. Tout est ta faute!

Ravalant ses larmes, Pierre-Olivier se tourna vers le petit aquarium où nageait Chloé, son poisson rouge. Il lui donna quelques flocons de nourriture et le contempla longuement:

— Tu sais, Chloé, je pense que plus personne ne m'aime: Toto est fâché, papa ne s'occupe plus de moi, tout le cœur de maman est pris par Catherine. Je me sens comme s'il n'y avait pas de place pour moi ici. Si ton bocal n'était pas si petit, je crois que j'irais te rejoindre. Tu m'accueillerais, dis?

Et comme s'il comprenait ce que Pierre-Olivier lui disait, le poisson rouge s'immobilisa face à sa paroi de verre et regarda ce curieux animal qui le fixait de l'autre côté, les yeux remplis d'eau. Il oscilla doucement de la queue pendant un bref instant, puis recommença à grignoter les flocons qui tombaient autour de lui. On ne pouvait s'attendre à plus de pitié de la part d'un si petit poisson.

5

Disparus
et ravisseurs

Pour une rare fois, toute la famille Lemieux prenait un petit-déjeuner tranquille, sagement attablée dans la cuisine. Un air de musique classique jouait à la radio. *J'adore les dimanches matin!* se dit Pierre-Olivier, toujours en pyjama et avec la ferme intention de le rester toute la journée.

— Bernard, regarde comme c'est triste! déclara tout à coup madame Lemieux, tendant une facture de carte de crédit à son mari.

— Allons, ma chérie! N'en fais pas tout un plat. Une facture de plus ou de moins! Au point où nous en sommes. Je m'occupe de tout cela dès lundi!

D'un geste las, monsieur Lemieux fit mine de déposer l'enveloppe dans un panier qui débordait déjà de courrier.

— Je ne te parle pas de la facture, mais du message sur l'enveloppe! Vois toi-même!

Bernard retourna l'enveloppe. Péo étira le cou et observa le bout de papier qui bouleversait tant sa mère. Il vit deux photos côte à côte. Son père lut à voix haute: «Disparu depuis le 1er mai, Jonathan Lilly, 4 ans. Ravisseur: Jack Lilly, 36 ans. Vus pour la dernière fois à Bangor, Maine. Pour toute information, communiquer avec Recherches d'enfants.»

Monsieur Lemieux hocha la tête:

— Ma choupette, bien sûr que c'est triste. Heureusement, nos petits sont ici, avec nous, bien en sécurité.

— Je me demande comment je réagirais si on nous enlevait Péo ou Cathou.

Pierre-Olivier n'écouta pas la réponse de son papa. Il s'envola dans ses pensées: il venait d'avoir une idée.

46

Il bricola une bonne partie de la matinée. Le projet paraissait simple au départ, mais, pour lui donner un air d'authenticité, il fallait s'appliquer sérieusement. Découpage, collage, séchage sous presse et rédaction des fiches d'identité. Tout cela en évitant que Toto ne répande de la colle partout. Car le chat, peu rancunier, semblait vouloir lui donner un coup de main, ou plutôt un coup de patte, pour être précis. Pierre-Olivier ne se sentait pas le cœur à chasser le gros matou, qui bousculait tout sur la table de travail. Malgré la présence indésirable de Toto, le bricoleur contempla finalement son chef-d'œuvre et ne put retenir un sourire : cette fois, ses parents comprendraient le message. Garanti !

D'un côté, il avait collé sa photo et inscrit en dessous : « Disparu : Pierre-Olivier Lemieux, 8 ½ ans. » De l'autre côté, une photo de Catherine, avec la note suivante : « Ravisseuse : Catherine Lemieux, 5 semaines, avec la complicité de la compagnie Lemieux, Lebel et associés. » Sur la pointe des pieds, il retourna à la cuisine et rangea l'enveloppe trafiquée dans le panier.

Tout l'après-midi, Toto blotti dans son giron, Pierre-Olivier feuilleta au salon des albums de bandes dessinées, sans parvenir à se concentrer. Il attendait impatiemment que ses parents fassent la surprenante découverte.

Vers dix-sept heures, un éclat de rire tonitruant éclata dans la cuisine.

— Nicole! Viens voir ça! Tout de suite!

Vêtue d'un collant de yoga bleu ciel et portant dans ses bras Son Excellence Catherine, en barboteuse assortie, madame Lemieux accourut.

— J'espère que tu as une bonne raison d'interrompre notre séance d'étirements. Il paraît que le yoga a des effets magiques sur les coliques! Nous arrivions enfin à la partie sérieuse, déclara la gymnaste, qui n'entendait pas à rire.

— Une très bonne raison! Regarde un peu la nouvelle invention de notre pitre national.

Pitre national? PITRE NATIONAL? Ils croient que je plaisante! Toto! Au secours! Mes parents ne comprennent plus rien aux enfants! se lamenta Péo, profondément découragé. *Quittons cette maison! Pour toujours! Disparaissons! Pour vrai!*

Juste à ce moment, il entendit son père l'appeler :

— Eh ! Le disparu ! Viens ici ! Je tiens ta ravisseuse ! Elle ne me semble pas très menaçante ! Je pense que tu n'as vraiment rien à craindre !

Ha ! Ha ! Ha ! Très, très drôle ! La vie est devenue complètement dingue ici. Viens, Toto. Moi, les adultes, je ne peux plus les supporter. Je vais m'amuser dans ma chambre ! Viens jouer au lion affamé avec moi.

Le vendredi matin suivant, Péo se leva, tout guilleret à l'idée de la belle fin de semaine qui l'attendait. Son papa lui avait promis pour le lendemain une sortie de « gars », au cinéma. On y projetait un film de course automobile en trois dimensions. Gabriel l'avait vu la semaine précédente et en disait le plus grand bien. Pierre-Olivier décida de célébrer à l'avance en mettant son t-shirt orange des grands jours. Malheureusement, sa penderie ne contenait qu'un assortiment de cintres dégarnis et une vieille chemise hawaïenne bariolée, souvenir de vacances d'une tante aux goûts douteux. *Zut de flûte, comme dit maman ! Plus rien à me mettre sur le dos ! Tous mes chandails sont à laver ! Je ne vais tout de même pas porter cette horreur pour aller à l'école ! Ma réputation sera fichue pour de bon !* Toutefois, Péo eut beau chercher, il ne trouva rien d'autre que la chemise aux couleurs criardes.

Avant, j'avais toujours du linge propre ! Depuis que ce bébé vit avec nous, rien ne fonctionne comme il faut ! Elle nous prend tout notre temps ! Il faudrait que quelqu'un lui explique qu'il n'y a pas qu'elle au monde ! J'étais là AVANT. Un peu de respect pour tes aînés, Catherine !

Mécontent, Péo sortit sur le palier. Il entendait la douche couler, et son père chanter un air d'opéra à vous crever les tympans. En homme pressé et bien organisé, Bernard avait laissé au pied du lit son habit, sa chemise bien repassée, sa cravate assortie, ses bas et ses souliers. Regardant sa propre tenue de carnaval, Pierre-Olivier décida de jouer un tour à son père. Il enfila le veston de tweed très élégant, noua la cravate autour de son cou et chaussa les souliers de cuir verni, qui auraient pu lui faire des skis tellement ils étaient grands. Ainsi accoutré, il descendit à la cuisine, en pianotant sur son nouveau jeu électronique.

— Maman?

— Je suis avec Catherine mon grand! Commence ton déjeuner! J'arrive dans une minute.

La voix de madame Lemieux semblait provenir du grand placard servant de garde-manger.

Curieux, Péo se faufila la tête dans l'embrasure de la porte:

— Ça va, maman ? Que fabriques-tu ici ?

— Ça va très bien ! Je viens d'entendre un truc super chouette à la radio ! Des chercheurs ont découvert qu'en mûrissant, les pommes dégagent des effluves très bénéfiques pour les ennuis de digestion. J'en fais respirer une bonne dose à ta sœur ! Ne m'attends pas ! Mange ! Papa est épouvantablement pressé ce matin ; il te laissera à l'école en passant, mais ne le retarde pas ! Hop là, ma belle, une bonne bouffée ! Bravo ! Ça fait du bien, pas vrai ?

Décidément, la situation se dégrade de plus en plus. Ma mère devient complètement zinzin..., pensa le pauvre garçon, qui en oublia tout à fait son étrange accoutrement. En veston-cravate sur fond de chemise hawaïenne, les souliers pendouillant au bout de ses pieds, il s'installa devant son bol de gruau figé et caoutchouteux. Il déposa son jeu électronique sur la table. Soudain, son père déboula dans la cuisine au pas de course. Il ne portait que ses chaussettes, son pantalon et une chemise au col entrouvert. Comme d'habitude, il parlait déjà au cellulaire. Un instant, il enveloppa le téléphone de sa main, et rugit :

— Nicole ! As-tu vu le reste de mes vêtements ? Je prends soin de les laisser bien pliés au pied du lit et pfffiiiit ! Disparus ! Je suis affreusement en retard ! Ma réunion commence dans cinq minutes, de l'autre côté de la ville. Je dois partir ! MAINTENANT !

Aucune réaction de Nicole, qui ne jugeait pas nécessaire de répondre quand on s'adressait à elle de cette façon.

Un peu décontenancé, le papa ultra pressé sembla enfin prendre conscience de la présence de son fiston et de son étrange habillement.

— Encore une de tes plaisanteries grotesques ! Je me demande vraiment ce qui t'arrive, Pierre-Olivier. Tu te comportes bien curieusement depuis un certain temps : tu trafiques tes copies de dictée, tu te rends intéressant en te faisant passer pour un enfant disparu, et voilà que tu enfiles mes habits en cachette, soupira monsieur Lemieux avec le regard de celui qui pense retourner au magasin la nouvelle télé qui ne lui donne pas satisfaction.

Pierre-Olivier se sentit ridicule. Le rouge lui monta aux joues et aux oreilles.

— Donne-moi mon veston! Et que ça saute! Et ma cravate! Et mes souliers! Qu'ai-je fait au bon Dieu pour mériter un enfant pareil? Répondez-moi quelqu'un!

Le temps de nouer sa fameuse cravate, monsieur Lemieux déposa son téléphone sur la table. Une fois habillé bien comme il faut, il avala une moitié de biscuit, s'empara de son cellulaire et courut à perdre haleine vers sa voiture. À vos marques! Prêts? Partez! Et hop! Envolé!

Bernard venait d'oublier qu'il devait conduire Pierre-Olivier à l'école. Encore sous le choc, Péo ferma les yeux. Il entendit alors un grésillement. De la table, une voix lui parvenait: «Monsieur Lemieux! Monsieur Lemieux! Répondez-moi! Avez-vous coupé la communication? MONSIEUR LEMIEUX!»

Le cellulaire paternel gisait sous une serviette de table. Péo eut beau chercher, il ne retrouva pas son jeu électronique. Dans sa précipitation, monsieur Lemieux s'était trompé, l'emportant avec lui.

J'espère qu'il va essayer de s'en servir devant ses clients! Quand ils verront ça, ils le croiront complètement fêlé. Avec un peu de chance, ses patrons le mettront en congé de maladie. Ça nous donnera enfin du temps pour jouer ensemble. On ne se voit presque plus. Et quand on se voit, chicane assurée!

Abandonnant là le bol de gruau tout à fait immangeable, Pierre-Olivier attrapa une pomme au passage, caressa rapidement Toto et salua sa maman. Celle-ci lui répondit du fond du placard, où elle continuait à inspirer des mètres cubes de vapeurs fruitées avec Catherine. Péo se réjouissait presque de se rendre à l'école, un lieu hautement prévisible où il se sentait à l'abri des bizarreries de sa «nouvelle» famille.

6

Catastrophe
dans un garage

— **T**u me l'avais promis! éclata Pierre-Olivier. «Samedi, juré, craché, je t'emmène au cinéma!» Voilà ce que tu as dit! Et une promesse, c'est une promesse!

Monsieur Lemieux ferma les yeux un instant et inspira profondément par le nez, cherchant à conserver son calme.

— Péo, il va falloir que tu grandisses un peu! Tu agis comme un enfant gâté. Bien sûr que je te l'avais promis, mais j'ai une urgence! Une URGENCE! Comprends-tu ce que ce mot signifie? Je ne peux tout de même pas prévoir les urgences! Tu me vois dire à mon client: «Désolé, monsieur Drouin! Arrangez-vous sans moi! Je dois absolument accompagner mon fils au cinéma!» Tu me vois lui dire ça? De quoi aurais-je l'air? On se reprendra, Péo!

— On ne se reprendra pas! Tu le sais autant que moi! Tu aimes plus ton bureau que moi! Vas-y donc! Laisse-moi tranquille! lança le jeune garçon, qui sortit en trombe du boudoir.

Pierre-Olivier bouillait d'une puissante colère accumulée. Un peu plus et il allait exploser. Il aurait voulu hurler de frustration; toutefois, il lui fallait se retenir, sous peine d'être accusé de crime de lèse-majesté. En effet, la «reine» Catherine reposait paisiblement après une nuit de coliques particulièrement violentes. On ne devait la réveiller sous aucun prétexte.

Péo entendit la porte du garage s'ouvrir, puis la voiture reculer dans la rue et s'éloigner. Adieu le bel après-midi au cinéma! Grommelant, le jeune garçon alluma l'ordinateur. Il tenta de se distraire avec son nouveau logiciel de course automobile, mais la rage le faisait conduire imprudemment, et il multipliait les accidents. Son dernier bolide venait de prendre feu quand il eut soudain l'idée de causer une petite frousse à son père. Toto sauta sur ses genoux, Pierre-Olivier lui expliqua :

— Regarde, Toto, je vais envoyer un courriel à papa, au bureau.

Les yeux pétillants de malice, le petit plaisantin commença à rédiger sa missive. Apparut alors dans le coin gauche de l'écran un drôle de personnage à lunettes qui lui demanda : « Souhaitez-vous de l'aide pour écrire une lettre ? » Et comment ! Excité, Péo cliqua sur le « oui ». Le petit bonhomme lui souligna ses erreurs et, grâce à un autre clic de souris qu'effectua Péo, lui indiqua comment les corriger. *Génial !* sourit Pierre-Olivier. *Cette fois, pas de fautes d'orthographes pour me trahir !* Après plusieurs minutes de travail appliqué, Péo relut son message. Ces quelques mots feraient réfléchir son papa, du moins l'espérait-il.

Monsieur Lemieux, nous avons l'honneur de vous inviter à la fête d'anniversaire organisée pour souligner les vingt ans de votre fils bien-aimé, Pierre-Olivier Lemieux. Une salle de cinéma entière a été réservée à son nom. Y seront projetés tous les films que votre emploi du temps trop chargé vous a fait manquer au cours des dernières années. Une réponse de votre part serait appréciée, dans les plus brefs délais.

Le jeune garçon cliqua sur l'icône «envoyer le message»; une petite enveloppe ailée se dessina à l'écran. «Message envoyé», lut-il une fraction de seconde plus tard. Il se recula dans la chaise sur roulettes et gloussa. Toto bâilla, comme si cette nouvelle bouffonnerie le laissait complètement indifférent.

— Tu n'as aucun sens de l'humour, le taquina Péo, en lui flattant le cou.

Tournoyant sur le fauteuil pivotant, Pierre-Olivier imagina son père en train de lire ce courriel : un peu perdu, monsieur Lemieux vérifierait la date dans son agenda électronique, comme si une douzaine d'années pouvaient s'être écoulées en un éclair… *Tant pis pour lui! Voilà ce qui devrait arriver aux parents qui ne prennent jamais le temps de jouer avec leurs enfants!* se disait-il, riant sous cape.

Les bonnes idées en engendrent souvent de bien meilleures encore. Avant de s'offrir une balade à vélo bien revigorante, Pierre-Olivier songea à offrir à son papa un petit cadeau qui finirait certainement de lui ouvrir les yeux : une paire de lunettes. Il les laisserait sur le siège de la Corvette, la voiture adorée de Bernard, stationnée bien à l'abri dans le garage. De nouveau, il rédigea une petite note explicative : «Papa, ces lunettes sont pour toi. Porte-les s.v.p., parce que je pense VRAIMENT que tu ne me vois plus.» Au fond de son tiroir à déguisements, il repêcha ce qu'il cherchait : d'énormes lunettes en plastique noir, surmontant un faux nez de belles proportions, lui aussi.

Arrivé dans le garage, Péo souleva l'épaisse bâche de toile qui recouvrait la vieille Corvette jaune vif de son père. «Une authentique 1970! Un bijou!» proclamait l'heureux propriétaire à qui voulait l'entendre. Rutilante, l'automobile semblait narguer Pierre-Olivier : «Vois comme il s'occupe bien de MOI!» crut-il même l'entendre murmurer.

En effet, monsieur Lemieux prenait un soin maniaque de sa belle voiture sport. Durant ses rares temps libres, il la bichonnait, la lavait, la cirait et, pour finir, la faisait reluire avec une peau de chamois. Une fois ou deux, pendant la belle saison, il démarrait son moteur, qu'il écoutait ensuite ronronner en se fermant les yeux comme pour mieux apprécier cette voluptueuse musique. Puis il roulait un peu dans la rue. Depuis longtemps, Bernard ne s'aventurait plus sur la grande route avec son précieux bolide, craignant sans doute qu'il ne soit égratigné par un petit caillou rebondissant sur la chaussée. Il chérissait sa Corvette comme la prunelle de ses yeux.

Si je le pouvais, je lui ferais passer un mauvais quart d'heure, à ta chère voiture de collection. Juste pour elle, j'inventerais un lave-auto armé de brosses d'acier et de savon à base d'acide sulfurique. Tu ne la reconnaîtrais plus ! songea rageusement le jeune garçon.

Pierre-Olivier entrouvrit la portière, lança brusquement son « cadeau » et sa petite lettre sur le siège du conducteur, et referma la porte de la voiture. Puis il repoussa la housse d'un geste sec sans prendre la peine de bien la replacer. Il se sentait jaloux. Eh oui ! Jaloux d'un tas de ferraille ! Jaune et bien ciré, d'accord, mais un assemblage de banales pièces de métal quand même.

Je file d'ici! Je veux voir mes amis. Au moins, ils m'aiment, EUX. Dans cette maison, on n'en a que pour les bébés, le travail et les voitures!

Péo empoigna rageusement sa bicyclette, appuyée au mur adjacent, et infligea à son vélo un demi-tour particulièrement brutal, comme si la pauvre bécane avait quelque chose à voir avec sa frustration. Un affreux grincement de tôle résonna aussitôt dans le garage. Pierre-Olivier s'immobilisa instantanément, retenant son souffle. *Ah non! Il ne manquait plus que ça!* songea-t-il, effaré. En plissant les yeux pour mieux constater les dégâts tout en craignant d'en connaître vraiment l'ampleur, Péo examina la Corvette, qu'il venait de heurter rudement de son pédalier.

Au beau milieu de la portière, aussi visible qu'un nez au milieu d'une figure, s'étirait une longue égratignure mesurant certainement une bonne dizaine de centimètres.

Le jeune garçon tenta tout d'abord de se rassurer: *Allons donc! Ça ne paraît pas tant que ça!* Il recula ensuite d'un pas, pencha la tête et contempla de nouveau la scène. Hélas! Même en se dépêchant pour détourner le regard, impossible de ne pas remarquer l'entaille.

Il s'agit peut-être seulement d'un peu de poussière ou de boue séchée. Mon vélo est tout crotté! Se mouillant le bout du doigt, il effleura la vilaine griffure, espérant qu'elle s'efface comme par enchantement. Un peu de terre adhéra effectivement à son index, mais l'abominable éraflure demeura bien visible. Malheureusement.

Il ne pouvait pas m'arriver pire accident..., soupira Péo, désemparé. *Papa va m'assassiner.*

La Corvette balafrée semblait se moquer de lui plus que jamais. «Attends que ton père me voit dans cet état! Tu peux déjà commencer à préparer ta valise pour le pensionnat! Attaque à l'arme blanche, mutilation, tentative d'assassinat! Ton compte est bon, espèce de petit vaurien!» croyait-il l'entendre jubiler.

Très inquiet, Pierre-Olivier tira sur la bâche pour camoufler le plus possible la trace de son terrible forfait. Levant la tête, il observa attentivement les alentours. Aucune caméra de surveillance dans le garage. Peut-être pourrait-il feindre l'ignorance? Laisser son père

découvrir la chose par hasard ? Des criminels parvenaient à cacher des méfaits autrement plus sérieux. Toutefois, dans les émissions de détective dont Péo raffolait, de tout petits indices oubliés sur la scène du crime suffisaient parfois à désigner le coupable. Il balaya donc méthodiquement le plancher, puis essuya le manche du balai d'un bout de chiffon, pour bien effacer ses empreintes digitales. Pour finir, il rangea sa bicyclette tout au fond du garage, très loin du bolide esquinté. Avec l'insupportable impression que son crime s'inscrivait en lettres rouges sur son front, il rentra silencieusement dans la maison et s'enferma dans sa chambre.

Le malheureux garçon passa un très mauvais après-midi à ruminer son infortune. Il s'imaginait déjà placé pour toujours à l'orphelinat ou, pire encore, en centre d'accueil. Il se prépara même un sac de voyage qu'il glissa sous son lit, décidé à prendre la fuite s'il entendait parler d'école de réforme. Il vivrait alors en ermite dans les bois, survivant grâce à la charité de Gabriel et de Marilou, qui se chargeraient de l'approvisionner.

Dieu qu'il faisait pitié!

— Mon beau Toto! Comment supporteras-tu de vivre sans moi? Pauvre, pauvre petit chat!

7

L'apprenti carrossier

Quelques jours passèrent. Pour une fois, Pierre-Olivier appréciait que Bernard travaille de si longues heures dans son lointain bureau. Tout ce qui pouvait garder monsieur Lemieux éloigné du garage et de la Corvette accidentée se révélait bienvenu.

Chaque jour, Pierre-Olivier se rendait en catimini visiter la sportive rainurée.

Il se livra à mille simagrées pour tenter de réparer sa bévue. Il se prosterna, le front dans la poussière, et supplia la coquine de se réparer elle-même. Rien. Il appela son ange gardien à la rescousse. Rien. Il promit de ne plus manger de bonbons en cachette pendant un mois. Rien. Pendant toute une année. Rien. Grimaçant, il alla même jusqu'à le promettre pour toute la vie. Toujours rien. Il fit une danse qu'il espérait magique. Sans succès. Il souffla sur l'égratignure, il la cira, il la frotta avec la peau de chamois... Autant essayer de nettoyer la clé ensanglantée de Barbe-Bleue.

Chaque visite se soldait par un échec cuisant.

Un soir fatidique de la mi-septembre, Péo écouta le téléjournal et entendit les prévisions météorologiques pour la fin de semaine. Il frissonna : on prévoyait un temps radieux pour tout le week-end. *Un temps idéal pour sortir une belle Corvette du garage...*, conclut-il, affolé.

Il y avait péril en la demeure. Il lui fallait trouver une solution de toute urgence. Et **avant** que son père n'apprenne l'imminente arrivée du beau temps. Alarmé, Pierre-Olivier éteignit précipitamment la télévision et retira ses écouteurs. Personne d'autre que lui ne devait entendre ces prévisions catastrophiques. Heureusement, sa maman n'avait rien vu ni entendu. Les yeux fermés, elle berçait doucement Catherine au son d'un apaisant concerto pour violon. Sur la pointe des pieds, le jeune garçon les contourna et se rendit au garage.

À tâtons, il chercha l'interrupteur et alluma l'ampoule électrique qui pendouillait du plafond en éclairant faiblement la pièce.

Pierre-Olivier s'accroupit aux côtés de la voiture. Pour la centième fois, il refit glisser son doigt le long de l'égratignure. Le cœur battant, il remarqua enfin qu'elle était plutôt superficielle. Péo suspendit son geste, comme si le moindre mouvement pouvait effaroucher la petite idée timide qui se pointait le bout du nez dans son esprit. Il ne bougeait que les yeux, en proie à une intense réflexion. Il sentit une douce chaleur se répandre en lui. Après quelques minutes, un sourire radieux se dessina sur son visage.

À pas de loup, Péo retourna à sa chambre. Il y récupéra son matériel de bricolage, rangé depuis l'affaire des photos d'enfants kidnappés. Puis, toujours avec des ruses de Sioux, il regagna le garage. Il saisit un mince pinceau et un pot de gouache jaune déjà vide aux trois quarts. La langue pointant entre ses lèvres, retenant son souffle, Pierre-Olivier se transforma en maître carrossier. Avec une application exemplaire, il recouvrit de gouache la regrettable éraflure. Un vrai jeu d'enfant!

Agitant la main et soufflant résolument pour accélérer le séchage, le jeune garçon évalua sa réparation. Sa poitrine se serra très désagréablement. *Zut de zut! Ça semble encore pire que tout à l'heure!* Même en se forçant, Péo ne pouvait pas s'accorder une note de plus de trois sur dix. Et encore, il s'agissait de trois points pour l'effort. Car, en séchant, la gouache faisait une grande tache mate qui jurait sur la rutilante carrosserie.

Espérant estomper le contraste, Pierre-Olivier décida de repeindre la portière au complet. Ne reculant devant rien, l'indomptable garçon se remit à l'ouvrage. En quelques coups de pinceau bien appliqués, il agrandit la tache de gouache. Cinq minutes plus tard, le tiers de la portière se trouvait fraîchement repeint, dans les mêmes tons que l'égratignure, à tel point que celle-ci ne se remarquait pratiquement plus. Ouf! Quel soulagement! Toutefois, en y regardant de plus près, Péo constata que le problème s'était seulement déplacé; à son tour, la portion de la portière couverte de gouache tranchait sur le reste de la voiture. Le jeune carrossier se résigna: il fallait repeindre toute la Corvette! D'un air navré, Pierre-Olivier contempla son pot de gouache vide. Quelques litres supplémentaires seraient certainement nécessaires. Et vite. On était mardi. Où donc en dénicher une telle quantité en aussi peu de temps?

8

Une collecte
pour une bonne cause

— **T**u t'y prends mal! lui souffla
Marilou le lendemain, après que Péo lui
eut exposé son problème.

— Comment ça, « mal » ? rétorqua
Pierre-Olivier tout bas, alors qu'il aurait
eu envie de crier de frustration.

— Tu imagines un peu? Repeindre
la voiture au complet? Mon cher Péo,
tu n'y arriveras jamais.

— As-tu une meilleure idée, mademoiselle la génie? répliqua le jeune
garçon, piqué au vif.

— Peut-être ! Regarde ce que tu pourrais faire.

Marilou commença à tracer un croquis sur une feuille de papier.

Très intéressé, Péo se pencha vers sa copine. Au même moment, une voix impérieuse les fit sursauter :

— Mademoiselle Marilou et monsieur Pierre-Olivier, veuillez vous taire immédiatement ! Concentrez-vous plutôt sur votre examen de mathématiques, lança madame de la Chevrotière, leur professeure. S'il vous semble trop facile, je peux vous en proposer un ou deux autres ! menaça-t-elle, brandissant d'épais paquets de feuilles agrafées, couvertes d'équations compliquées.

Penauds, les deux fautifs replongèrent le nez dans leur questionnaire.

Pendant la récréation, Marilou poursuivit son exposé.

— Au lieu de t'attaquer à toute la voiture, il te suffit d'y ajouter de jolis motifs sur les côtés. Mon cousin vient de s'acheter une vieille Mustang dont les ailes sont décorées de grandes flammes orangées. Tu pourrais t'en inspirer pour la Corvette de ton père.

— Faire disparaître l'égratignure en
la camouflant dans un dessin! Ce sera
vraiment très beau! Génial! Marilou, je
t'adore! Et mon père m'adorera aussi!
Il sera si content! s'exclama Pierre-
Olivier.

— Peins les flammes rouge vif, sug-
géra Gabriel. Sur fond de Corvette jaune,
ce sera prodigieux!

— Il faudra quand même beaucoup
de peinture et, malheureusement, il ne
m'en reste plus. Mon pot de rouge est
vide depuis belle lurette.

— Nous organiserons une collecte!
proposa Marilou.

— Une collecte ? s'étonna Pierre-Olivier.

— Bien oui ! Une collecte ! Comme la Croix-Rouge ! Sauf qu'au lieu de recueillir les dons de sang, nous amasserons de la gouache rouge ! précisa Marilou.

Pierre-Olivier hocha la tête, émerveillé par la débrouillardise de sa copine.

— Combien devons-nous récolter de petits pots de gouache rouge si, avec un quart de pot de jaune, tu as réussi à peindre le tiers d'une portière ? poursuivit la fillette, les sourcils froncés, se délectant de la complexité de ce problème de mathématiques. Quel dommage ! On apprendra les fractions seulement l'année prochaine !

— Mieux vaut plus de gouache que pas assez, conclut rapidement Péo, moins soucieux que sa copine d'obtenir un résultat précis. Au moins quatre litres !

— Toute une collecte à organiser ! rigola Marilou. Comment allons-nous procéder ? Il faut faire vite ! Si j'ai bien compris, tu disposes d'à peine quelques jours pour compléter tes travaux. Pas le temps de monter une campagne de publicité à la radio étudiante.

— Ha! Ha! Ha! fit Péo. Tu te crois drôle? Une campagne de publicité! Cette collecte doit demeurer ultra secrète! Je n'ai pas besoin qu'un mouchard aille tout raconter à ses parents! Un seul téléphone d'une maman bien intentionnée et mon père m'assassine!

Gabriel intervint:

— Rédigeons de courts billets et faisons-les circuler dans la classe cet après-midi, suggéra-t-il. Nous y mettrons: « Un grand malheur frappe un de nos amis! Nous sollicitons votre aide! Tous vos stocks de gouache rouge seront les bienvenus! Merci à l'avance! Rendez-vous chez Gabriel Leclerc, à partir de dix-neuf heures! Des reçus de charité seront émis pour qui en fera la demande!»

— Des reçus de charité? s'étonna Marilou.

— Bien oui! Vous ne trouvez pas que ça fait plus sérieux? soutint Gabriel, vexé par l'expression moqueuse de sa copine.

— Un peu trop sérieux, Gabriel. Moi, si je recevais un tel message, je me méfierais. Je croirais que c'est un guet-apens, organisé par la direction de l'école pour attraper les passeurs de billets clandestins, expliqua Pierre-Olivier.

Gabriel ferma les yeux à demi et plissa le nez, en proie à une grave réflexion. Après quelques secondes, il concéda :

— Vu comme ça, tu as sans doute raison. Mais pour le reste, vous approuvez? s'inquiéta le jeune garçon, qui craignait maintenant d'avoir eu une mauvaise idée.

— Pour le reste, parfait! l'assura Péo.

— Mais non! s'écria Marilou. Tes parents risquent de tout gâcher! S'ils voient arriver une délégation de porteurs de gouache, ils sauront forcément qu'il se passe quelque chose d'étrange. Ils se poseront des questions. Ils...

Gabriel l'interrompit :

— Ne craignez rien. Mes parents vont au théâtre, ce soir, et après ils rejoindront des amis au restaurant; ils rentreront très tard. Nous serons tranquilles. J'ouvrirai l'atelier au fond du jardin, et nous effectuerons notre collecte à l'abri des curieux.

— Bonne idée! s'exclamèrent Pierre-Olivier et Marilou.

La cloche annonçant la fin de la récréation retentit dans la cour d'école. Jusqu'à la fin de la journée, une étrange effervescence s'empara de la classe de madame de la Chevrotière. La pauvre vieille dame ne comprenait pas ce qui se passait dans son dos. Chaque fois qu'elle s'installait au tableau pour illustrer ses propos, une rumeur excitée s'élevait derrière elle. Rusée, elle tenta bien à quelques reprises de se retourner sans avertir. Mais, vifs comme des singes, les écoliers cessaient aussitôt toute activité illicite. Aussi l'après-midi s'acheva-t-il sans qu'elle parvienne à percer le mystère.

Gabriel, Marilou et Pierre-Olivier pouvaient se réjouir : ils avaient réussi à distribuer une trentaine de messages.

— Salut maman ! Je vais jouer chez Gabriel !

— Pas de problème, mon grand, mais sois rentré dans une heure. Il ne faut pas que tu te couches trop tard, tu as de l'école demain, répondit la mère de Pierre-Olivier, portant Catherine dans un ingénieux sac à dos qui permettait à la curieuse d'observer les alentours. D'ailleurs la petite en oubliait pour le moment ses pénibles maux de ventre.

— D'accord maman! Je me dépêche! Non, Toto! Tu ne peux pas venir avec moi! Attends-moi ici, je reviens tout de suite.

Le gros chat se coucha aux pieds de madame Lemieux.

— Je te jure, parfois je crois que ce Toto est un chien déguisé en chat! plaisanta Nicole en grattant affectueusement le dos du matou. À tout à l'heure, Pierre-Olivier!

Péo pédala à toute vitesse vers la demeure de son ami. Une file d'enfants s'allongeait à la porte de l'atelier, chacun transportant son don pour une bonne cause. Ils se présentaient un à un devant Gabriel, installé à une table sur laquelle reposait une lampe. Quand un gamin lui tendait son petit pot de peinture, Gabriel le manipulait sous la lumière en faisant mine d'en vérifier la couleur. Puis, hochant la tête comme un vieux maître de cérémonie, il autorisait le donateur à verser le précieux liquide dans un gros seau déjà rempli aux deux tiers.

— Chouette! s'écria Pierre-Olivier, ravi devant leur indéniable réussite. Mission accomplie! Avec tout ça, aucun problème pour terminer ma réparation. Merci beaucoup, vous me sauvez la vie!

En effet, avec autant de gouache, les probabilités d'être découvert et envoyé à l'orphelinat semblaient chuter significativement. Péo pourrait défaire sa valise.

— Jusqu'à maintenant, nous avons recueilli six litres de peinture rouge, mon cher Péo. Cela signifie qu'en moyenne, chacun de nous t'a apporté deux cents millilitres de précieuse gouache, affirma Marilou, brandissant une grande feuille de papier, couverte de calculs complexes.

Madame de la Chevrotière aurait sûrement été fière de sa jeune élève.

Les derniers bienfaiteurs s'en retournèrent chez eux avec le sentiment du devoir accompli. Dans la classe de madame de la Chevrotière, on avait beau se disputer à l'occasion, quand venait le temps de s'entraider, on savait faire preuve d'une formidable solidarité. Le cœur gonflé de gratitude, Pierre-Olivier s'empara du seau salvateur.

— Je dois me dépêcher, j'en ai pour des heures à repeindre cette stupide Corvette! Avez-vous un couvercle ou quelque chose de ressemblant? demanda-t-il alors à ses amis, tenant à bout de bras le seau, dont la surface était agitée de vagues menaçantes.

— Désolé Péo... Rien de tel.

— Bon... Je me débrouillerai, répondit Pierre-Olivier, tentant de suspendre l'anse du récipient au guidon de sa bicyclette.

Malgré toutes les précautions de Péo, le vélo pencha dangereusement. Du seau s'échappèrent des trombes de gouache.

— Ça ne fonctionnera jamais! Il n'en restera plus une goutte quand tu arriveras chez toi! s'écria Marilou.

— Tu ne réussiras certainement pas à garder ton équilibre! renchérit Gabriel. Et si tu t'écroules en pleine rue au milieu d'un lac de gouache rouge, ce sera la panique! Le premier qui verra ça composera le 911 sur-le-champ! Il te croira en train de mourir au bout de ton sang!

— Ambulance, sirènes et tout le tralala. Tu te retrouveras en première page du journal! conclut Marilou, qui possédait une imagination débordante.

— Essaie plutôt ça, proposa Gabriel, qui tirait un chariot de plastique appartenant jadis à son grand frère.

— Bonne idée! approuva Péo.

Les trois amis ficelèrent le chariot à l'arrière du vélo. Pierre-Olivier y déposa soigneusement le seau de peinture. Saluant Gabriel et Marilou de la main, il grimpa sur sa bicyclette et commença à pédaler vers sa maison. Il souffrit mille morts dans les montées et pesta contre les nids-de-poule qu'il lui fallait éviter à tout prix. De temps en temps, il se retournait pour jeter un regard inquiet à son chargement. Tous les débordements ne purent être évités. Néanmoins, il arriva à sa demeure sain et sauf. Au moins cinq litres de gouache clapotaient doucement dans le seau. Les pertes, bien que significatives, ne l'empêcheraient pas de réaliser sa mission.

Quelques heures plus tard, le jeune garçon admirait son ouvrage. Sous le faible éclairage dispensé par l'unique ampoule électrique du garage, la Corvette semblait resplendissante. Ses ailes s'ornaient dorénavant de belles grandes flammes rouge pompier. Sur fond jaune vif, l'effet se révélait saisissant. Bien sûr, cela changeait spectaculairement l'allure générale de la voiture sport. Toutefois, Pierre-Olivier ne s'en apercevait plus : absorbé par la nécessité de réaliser des dessins parfaitement symétriques sur chaque portière, Péo avait peu à peu oublié l'apparence d'origine du bolide classique. L'égratignure ne se voyait plus du tout ; tout allait donc pour le mieux dans le meilleur des mondes.

Une fois la peinture bien sèche, Péo replaça la bâche. Puis, épuisé, il alla se coucher. Toto l'attendait dans son lit. Le chat se blottit tout contre son jeune maître en ronronnant. Pierre-Olivier rêva qu'il circulait dans la ville avec la Corvette restaurée. Le moteur de la belle voiture ronflait à un rythme s'accordant étrangement aux ronronnements de Toto. Dans le rêve, Bernard jubilait, fier comme un paon au volant de son automobile enflammée.

9

Une question
de bon éclairage

Le samedi suivant, monsieur Lemieux
sortit sur le perron et tourna son visage
vers le soleil, savourant la chaleur des
rayons sur sa peau. Il salua Pierre-Olivier,
qui jouait au basket-ball dans l'entrée de
garage.

— Bonjour mon grand! Quelle belle
journée! lui déclara-t-il en s'étirant
langoureusement. On se croirait encore
en été! Il serait grand temps de faire
prendre un peu l'air à ma pauvre voiture :

je la garde emprisonnée depuis une éternité. La chérie doit croire que je l'ai abandonnée!

Sans plus attendre, Bernard descendit les marches, emprunta l'allée bordée de cèdres bien taillés et se dirigea vers le garage. En passant près de Péo, il lui donna une affectueuse chiquenaude sur l'épaule:

— Tu te prépares à devenir le nouveau Michael Jordan?

Le jeune garçon lui sourit nerveusement.

Bernard actionna le mécanisme permettant à la porte électrique de se soulever doucement. Pierre-Olivier interrompit sa pratique de basket-ball pour ne rien perdre de la réaction paternelle à la vue de la Corvette modifiée. Le garçon retenait son souffle, impatient de récolter les compliments que lui vaudraient sûrement ses réparations. Un petit doute lui taraudait tout de même le cœur: et si les nouveaux motifs ne plaisaient pas à son père?

De l'intérieur du garage lui parvint tout à coup un hurlement atroce.

— Au vandale! À l'assassin! Au secours! Appelez la police! Les pompiers!

86

Une ambulance! Médecins sans frontières!

Péo figea sur place. Laissant de côté sa prudence habituelle, monsieur Lemieux recula la Corvette dans l'allée en faisant crisser les pneus. À la vue de l'auto, tous les espoirs du jeune garçon s'évanouirent instantanément: sous le soleil radieux, le bolide de collection présentait un aspect dévasté.

Les motifs ornant les portières et une partie des ailes n'offraient plus qu'une lointaine ressemblance avec les belles flammes dessinées par Pierre-Olivier. Avant de sécher, des coulées de peinture avaient lentement glissé vers le bas, comme de longues traînées de sang. La Corvette paraissait avoir subi une violente séance de flagellation. À travers le rouge dégoulinant transparaissait la

brillante peinture jaune d'origine. Pourtant tout semblait si beau l'autre nuit ! La lumière pâlotte que répandait l'ampoule électrique du garage avait trompé le petit carrossier. Il pensait avoir accompli un miracle. Au contraire, c'était une catastrophe ! La voiture semblait souffrir d'une épouvantable maladie de peau. Sur les portières, on ne voyait que des croûtes pétrifiées, sanglantes, plus ou moins larges, séparées les unes des autres par des zones ambrées. Une véritable infection. Le bolide galeux, tout droit sorti d'un film d'horreur, s'immobilisa à quelques mètres du jeune garçon consterné.

Pierre-Olivier ferma les yeux. Il entendit son père descendre de la voiture et claquer la portière. Se blindant à l'avance contre l'avalanche de reproches qui déferlerait sur lui d'une seconde à l'autre, Péo attendit. Un silence lourd comme un char d'assaut envahit l'entrée de garage. Pas un son. *Que fait-il ?* se demanda le petit carrossier, *a-t-il perdu connaissance ?* Précautionneusement, il entrouvrit un œil.

Blanc comme un linge, mais toujours conscient, son père ne bougeait pas. Il tenait d'une main les lunettes et le faux nez de plastique, ramassés à la hâte sur le siège du conducteur. De l'autre main, il se cachait la bouche. Les yeux agrandis d'effroi, il considérait l'objet de ferraille sanguinolent qu'était devenue sa magnifique Corvette. L'affreux silence se prolongeait.

La mère de Pierre-Olivier choisit précisément cet instant pour sortir de la maison, portant sur sa hanche sa Très Sérénissime Catherine. Celle-ci disparaissait presque entièrement dans un immense fichu mexicain que madame Lemieux portait en bandoulière. Il s'agissait là de la trouvaille de l'heure pour calmer les malaises digestifs de la bambine.

— Zut de flûte! Que se passe-t-il ici? Cette voiture semble sortir tout droit d'une zone sinistrée, déclara-t-elle avant de faire une pause. Je dirais même d'une zone très sinistrée! ajouta-t-elle finalement, au grand désespoir de Péo.

À ces mots, Bernard parut reprendre ses esprits.

— Pierre-Olivier Lemieux, qu'as-tu fait à ma voiture? demanda-t-il, calmement, d'un ton glacial, ce qui est bien la pire manière dont on puisse réclamer des explications.

Le fautif sentit des pointes acérées lui enserrer le cœur. Quand son père criait, il savait comment lui répondre. Cependant, quand il s'adressait à lui sur ce ton-là, Péo perdait toute contenance.

— Je suis terriblement désolé papa... Je ne pensais jamais que ça donnerait ce résultat. Je voulais bien faire !

— TU VOULAIS BIEN FAIRE ! répéta hargneusement monsieur Lemieux, qui se mit à taper du pied et à brandir vers le ciel les lunettes et leur nez surdimensionné.

— Bernard, laisse-le s'expliquer ! intercéda Nicole.

Les jambes molles, monsieur Lemieux s'assit par terre et appuya son dos sur la voiture rougeâtre. Il se croisa les bras sur la poitrine et déclara :

— Je t'accorde deux minutes.

Péo puisa à fond dans ses réserves de courage et commença à raconter sa terrible histoire.

— Tout cela pour une affaire de cinéma manqué… Eh bien! Pierre-Olivier, ton attitude me déçoit énormément. Je te pensais plus raisonnable. Et puis, pour qui me prends-tu? Croyais-tu vraiment me faire oublier ta bévue avec ces dessins? Sais-tu combien tes bêtises vont me coûter?

Fiston se renfrogna.

— Bernard! Mets-toi un peu à sa place! plaida la mère du jeune garçon. Tu ne peux nier que tu passes beaucoup de temps au bureau. Et quand tu te trouves à la maison, ton cellulaire te réclame souvent à cor et à cri. Quant à moi, avec Catherine, je ne mérite pas de compliment non plus. Je crois que Pierre-Olivier se sent un peu négligé. Ce n'est probablement pas ton refus d'aller au cinéma qui l'a mis dans cet état, mais plutôt tout ce qui se passe ici depuis quelques mois.

J'aime bien quand maman joue à l'avocate! songea le jeune garçon, *surtout quand elle le fait pour moi!*

— Tu as peut-être raison, répondit monsieur Lemieux, un peu amadoué. Toutefois, il reste que ma voiture est en bien piteux état. Misère de misère! Ma belle Corvette adorée!

Sur ces mots, le père de Pierre-Olivier se remit debout. Il épousseta son pantalon et se retourna pour examiner encore sa voiture.

— Papa! Ta chemise!

— Quoi? Que se passe-t-il avec ma chemise maintenant? s'irrita monsieur Lemieux, qui ne comprenait pas l'intérêt soudain de Péo pour son habillement.

— La voilà toute rouge, elle aussi! La peinture s'en va! En t'appuyant sur ton auto, tu as enlevé la couche de couleur dont je l'avais recouverte! Regarde! Ta voiture est comme neuve en-dessous!

— Eh bien! Eh bien! On dirait que tu as raison! s'exclama monsieur Lemieux, soudainement optimiste. Avec quelle sorte de peinture as-tu effectué tes «réparations»? demanda-t-il à Pierre-Olivier.

— De la gouache, papa. De la meilleure qualité qui soit!

— Cours vite me chercher le tuyau d'arrosage et une bouteille de savon à vaisselle! réclama son père avec enthousiasme. Je crois que la chance nous sourit mon grand. Tu sembles avoir utilisé de la gouache lavable à l'eau. Vite Pierre-Olivier !

Jamais on ne vit jeune garçon obéir plus promptement et avec autant de ravissement. Une seconde et quart plus tard, top chrono, le matériel réclamé arrivait à destination. Madame Lemieux recula prudemment de quelques pas. Son Altesse Catherine contemplait la scène d'un air très intéressé. Elle pointait sa petite tête hors du châle harnaché à l'épaule de sa mère. La curieuse semblait avoir oublié les effroyables douleurs lui déchirant habituellement le bedon.

Pierre-Olivier ouvrit tout grand le robinet, et un puissant jet d'eau jaillit. Il confia le tuyau à son papa, qui aspergea copieusement la voiture peinturlurée. Pendant ce temps, armé d'une éponge et de litres de savon liquide, le jeune garçon frotta la carrosserie avec une détermination farouche. La gouache disparaissait comme par enchantement et avec elle toutes les petites disputes de Péo et de son père. Monsieur Lemieux paraissait si content qu'à un moment, il chaussa les lunettes avec le nez postiche. Il ressemblait à un savant fou. Péo croulait de rire tout en frictionnant la voiture de plus belle. À tel point qu'il se retrouva bientôt englouti dans un nuage de bulles roses. Bernard le secourut volontiers en dirigeant sur lui des torrents d'eau glacée. Pierre-Olivier répliqua en le bombardant de son éponge. Une belle bataille s'ensuivit. Tourbillonnant à quelques mètres, en terrain sec, Toto le chat essayait d'attraper une grosse bulle de savon posée sur le bout de son museau.

À un moment, Gabriel et Marilou passèrent à vélo dans la rue. Ils ne purent résister à la tentation : laissant là leurs bicyclettes, ils se joignirent aux laveurs de voiture. Éclaboussés des pieds à la tête, riant aux éclats, les trois enfants unirent leurs efforts pour asperger le père de Pierre-Olivier. Madame Lemieux se précipita dans la maison et en ressortit rapidement, caméra vidéo au poing, bien décidée à fixer pour l'éternité ce moment de pur bonheur. Catherine poussait de petits cris excités, que sa maman enregistrait tout en commentant la scène réjouissante.

Quand tout le monde fut bien trempé, on déclara la fin des hostilités. Chacun s'emmitoufla dans une grande serviette

sèche. Enfin débarrassée de son hideuse couche de gouache séchée, la Corvette brillait de tous ses feux. Hélas, la longue balafre était de nouveau visible. Monsieur Lemieux alla donc quérir sur une haute tablette de son atelier un minuscule flacon de peinture jaune. À l'aide du pinceau ingénieusement intégré au bouchon, il s'attaqua à l'égratignure. Médusé, Péo regarda la vilaine éraflure s'estomper. *Avec les bons outils, c'est fou ce qu'on peut accomplir !* se disait-il, regrettant de ne pas avoir trouvé lui-même ce petit pot miraculeux.

— Et voilà! s'écria finalement Bernard d'un ton triomphant.

Il contempla sa voiture avec beaucoup de satisfaction.

— Ça paraît encore un peu, papa, fit cependant remarquer Pierre-Olivier, bien désappointé que l'on vit toujours la trace de son pédalier.

— Je sais mon garçon. Je sais. Mais je crois que je vais m'en contenter. J'ai appris une bonne leçon cet après-midi. Et je vais tâcher de ne jamais l'oublier. Cette petite marque sur ma belle auto m'aidera à m'en souvenir.

— À te souvenir de quoi, papa?

— Qu'il n'y a rien de mieux que de passer du temps avec ceux qu'on aime!

Pierre-Olivier secoua la tête et fronça les sourcils, cherchant une réponse appropriée. L'air très ému de son père semblait commander une répartie brillante. Gabriel et Marilou interrompirent ses réflexions:

— Tu viens avec nous, Péo?

— Où ça?

— On organise un lave-auto chez Alexandre! C'est par là que nous nous dirigions avant de nous arrêter ici. Viens nous donner un coup de main; on ramasse des fonds pour l'activité de fin d'année!

— Je peux y aller papa? demanda le jeune garçon à son père.

— Bien sûr mon grand! Tu es dorénavant un laveur de voiture aguerri!

— Ha! Ha! Ha! On peut en dire autant de toi, s'esclaffa Péo en regardant les cheveux dégoulinants de Bernard.

S'ébrouant comme un jeune chiot, monsieur Lemieux arrosa de nouveau Pierre-Olivier. Juste un peu. Juste pour rigoler.

— Allez, va jouer avec tes amis! l'encouragea-t-il. Amusez-vous bien!

Aussitôt dit, aussitôt fait! Sans même prendre la peine de se changer, Pierre-Olivier enfourcha sa bicyclette et s'élança gaiement avec Gabriel et Marilou. Ils filèrent dans la douce lumière de cette magnifique fin d'après-midi.

Sifflotant, monsieur Lemieux enroula le tuyau d'arrosage et essora l'éponge encore toute savonneuse. Puis, il rejoignit Nicole, qui se balançait doucement sur la galerie en fredonnant une berceuse à la petite Catherine. Il portait encore les grosses lunettes avec le faux nez. Il entoura sa femme et sa fille de son bras en savourant avec gratitude ce moment de parfaite tranquillité.

Rompant le charme, son cellulaire fit soudainement retentir sa sonnerie tyrannique. Sans même réfléchir, monsieur Lemieux s'empara de l'importun et le lança d'un geste sûr dans le seau d'eau souillée.

— Il lance... et compte! déclara-t-il d'une voix excitée.

Outré, le téléphone se tut immédiatement. Eux-mêmes très surpris par ce geste impulsif, Bernard et Nicole éclatèrent d'un grand rire qu'on entendit jusque chez madame Tanguay. Fidèle à sa légendaire curiosité, la vieille voisine souleva un coin de son rideau de mousseline pour fureter à loisir. La scène qu'elle entrevit la remplit d'aise. Tout allait donc pour le mieux chez ses bons voisins. Discrètement, elle laissa retomber le voile léger et s'en retourna à ses fourneaux.

Quelques semaines plus tard, la mère de Pierre-Olivier offrit à son mari un petit paquet joliment enrubanné. Se demandant bien ce que recelait le mystérieux colis, monsieur Lemieux entreprit de le déballer, sous le regard inquisiteur de Péo, aussi intrigué que lui. Bernard tendit le long ruban fleuri à Catherine, qui l'agrippa et se mit à l'agiter en tous sens. Dressé sur ses pattes de derrière, Toto le chat essaya d'attraper le bout de tissu coloré qui lui frôlait le museau par intermittence.

Monsieur Lemieux tenait une cassette vidéo : « *Lave-auto en folie,* un film mettant en vedette la famille Lemieux et quelques amis », pouvait-on lire sur l'étiquette collée au boîtier.

— En souvenir d'un superbe samedi, expliqua Nicole.

— J'ai hâte de voir ça! rigola-t-il.

— Oh! Papa! Ce n'est pas tout! Regarde! s'écria alors Pierre-Olivier, tendant à son père une photographie échappée du paquet.

Bernard s'étira le cou pour mieux voir.

- Une photo de nous le jour où on a lavé ta Corvette! On voit un peu Gabriel et Marilou à travers un nuage de bulles! Quelle allure tu as avec ton beau gros nez et tes lunettes dernier cri! Tu m'arrosais avec le tuyau, et, moi, je m'apprêtais à te lancer un seau d'eau savonneuse! Avec le soleil et toute cette eau, on s'était fabriqué un bel arc-en-ciel!

— Quelle jolie photographie, ma chérie! déclara monsieur Lemieux. Je sais exactement où je vais l'installer!

Puis il fit un clin d'œil à Pierre-Olivier, qui rougissait de plaisir.

Avertissement

L'auteure ne peut garantir que toutes les sortes de gouache se lavent aussi facilement que celle recueillie par Pierre-Olivier et ses amis. En cas d'accident, il serait préférable d'en parler immédiatement avec un adulte !

Table des matières

Lyne Vanier

Écrivaine, psychiatre et mère de trois adolescents, Lyne Vanier sait combien il est compliqué de concilier le travail et la famille. Malgré tout elle trouve le temps de mettre à contribution sa science, sa plume et son cœur pour nous offrir de merveilleux romans jeunesse. Ses récits mettant en scène les grandeurs et petites misères de l'enfance sont d'excellents outils pour briser certains tabous et favoriser le dialogue entre petits et grands. L'auteure habite l'île d'Orléans.

**Derniers titres parus dans la
Collection Papillon**